木佐貫ひとみ

ヴィッセン出版

こなら亭へようこそ

「こなら亭」は、私たちの住まいの名前だ。宮崎でよく見られる照葉樹林の里山に点在するコナラ林を写し、さらに理想化し、日々の生活の中で自然の豊かさをより実感できるように計画された雑木の庭。一九九六年秋、「久富作庭事務所」の久富正哉さんによって造られた。

木造の母屋の設計は「木城《きじょう》えほんの郷」「若山牧水記念文学館」等の設計を手がけた「みつくぼ建築設計」の高森亮二さん。

林の中に住むこと。それは農家に生まれ里山で育った私の、子どもの頃からの夢だった。

子どもの頃、私はよく祖母に連れられて家の裏山に入ったものだ。春はツワブキやゼンマイを採りにゆき、初夏はウツギの花咲く小径を「夏は来ぬ」を歌いながら歩き、秋はアケビや野栗を探した。冬は冬で風呂炊きに使う薪づくりのため、家族総出で山の木を伐採する。その切りたての杉の葉の鼻に抜ける青く清々しい香りが、私は大好きだった。自然の中にいると心が安らぐ。何より、冬の後には必ず春が来るという、廻る季節と命の法則が私を安心させる。そんな体験が、私を林の中に住む夢に向かわせた。

おとなになって、さらにその想いをふくらませたのは一冊の本だった。それは吉野信さんの写真集「風のプレリュード」。八ヶ岳高原の四季を描いた写真集だ。そこには、春爛漫と花咲くヤマナシやサラサドウダンツツジ、夏の日ざしに輝く青葉、黄色く染まり落葉するカラマツ林の写真が魅力たっぷりに掲載され、その八ヶ岳の麓の森に点在する素敵な別荘とホテルのたたずまいという、心ひかれる風景が写し取られていた。

「いつか、うつくしい林に暮らしたい。」想いは強くなるばかりだった。

やがて結婚して、夏の旅を計画した時、迷わず選んだ先はその八ヶ岳の麓だった。以降、毎年のように八ヶ岳をはじめ蓼科、軽井沢、安曇野、下諏訪と、山梨・長野のうつくしい森を家族で旅し、その度に木々に囲まれて暮らす日々を想った。

夢が夢でなくなったのは作庭家である久富さんとの出逢いだ。

それまでは本物の林の中に家を建てることしか考えていなかった。だから理想的な林が見つからない限り、想いは実現しないとあきらめていた。

ところがそんな折、あるお宅で雑木の庭を見せて頂く機会に恵まれた。あまりにも自然な風景だったので、もともと木があった場所に家を建てたのかとお聞きしたら、作庭によるものだという。

庭を造るというと、頭に浮かぶのは日本庭園か花いっぱいのイングリッシュガーデンだったから、雑木林をつくる作庭家がいるということにまず驚いた。それが久富さんだった。

「この人の作った空間に住む。」

それから久富さんをご紹介頂き、家も当時私が読み聞かせのスタッフとして参加していた木城えほんの郷の〝えほん館〟を設計した高森さんにお願いすることができた。

息子が幼稚園に入る年頃になり、そろそろ家をつくろうと想っていた時期とお二人と知り合った時がちょうど重なったのだ。そこで、一生に一度の大きな買い物は夢を実現することにして、郊外にあった実家の土地を譲ってもらった。こうして家づくりが動き出した。

こなら亭のイメージは雑木林の中の別荘。なるべく生活感をなくし、心を解き放つ場にすること。庭も母屋も飾りすぎず凝りすぎず程よいしつらえ。

庭は宮崎の里山の風景を写すつくりだ。家もその庭と呼応しあうように木造の平屋で、リビングから庭へと広いデッキが延びて、建物と庭が自然に繋がっている。どの部屋も窓は大きく、その窓に庭の木々が枝垂れかかっている。それは、子どもの頃に夢見た通りの、里山の林の中にあるような家になった。

そして、家が建ちあがる前から私は早々と住まいの名前を決めていた。

「こなら亭」

コナラが主木の雑木林。ここで生活しながら、子どもたちのための家庭文庫を開き、自然を身近に感じる催しやオープンガーデンをしよう。住まいに名前をつけることで、きっとそこは日常を越える素敵な時が流れる場所になる。

私の〝こなら亭暮らし〟は、こんな風に始まった。

山滴る

山装ふ

山眠る

題字　神郡宇敬

装画・挿画　林　重雄

装幀　小野晴美

山笑ふ

春告花

春
佐保姫《さほひめ》が真っ先にとまるのは
コバノミツバツツジの梢

ふくらんだつぼみの先がほころんで
ツツジ色がのぞいたら

それが
私の庭の
最初のほほえみ

キンポウゲの魔法

こなら亭の暮らしを語る前に、野の花に「心」を救われた話をしよう。

私を助けてくれたのはキンポウゲ。山に囲まれた廃校の庭で、私に向かって風にゆれながら咲いていた黄色い花たち。

その花たちに逢うまで、私は精神のバランスを崩し毎晩悪夢に悩まされていた。原因は今で言うマタハラ（マタニティハラスメント）だった。出産のため育児休暇に入ってやがて息子が三ヶ月になろうかという二月、上司から手紙が届いた。それは、職場に復帰せず、そのまま辞職するようにという内容で、夫が医師だから働く必要などないこと、職場の誰もが私の復帰を望んでいないこと等々が便箋三枚にびっしり書かれてあった。そんな手紙をなぜ彼が私に送りつけてきたのか理由はわからない。それまで問題なく勤めていたのに、突然の手紙で「お前は要らない。」と告げられたのだ。私はひどく混乱し自分を失った。できるだけ早くその状況から逃げ出したかった。だからその内容の真偽を確かめる気力もなく、意味もわからず、私は言われるままに辞職した。そしてそのせいで私は人間不信になり、毎晩悪夢を見た。同僚たちが夢の中で私の前に立ちふさがり「お前なんかゴミだ。」と私を責め立てる。それで心のバランスが崩れ、私はおっぱいが出なくなった。

それから一年ほどの記憶はほとんどない。ただ痛い心を抱いたまますべてが苦しかった。苦しすぎて泣くこともできない。春の日ざしの中で見る息子の成長も、夫が連れ出してくれた夏の旅行も、秋に受けた精神科医のカウンセリングも、悪夢を止める力にはならなかった。やがて、冬を迎える頃には、心は窒息して何も感じられなくなっていた。二十年以上たった今でも、思い出すたびに胸が潰れそうになる。

死んだように冷たくなった私の心をあたためてくれたのが、キンポウゲだ。

翌年の春、プレオープンの木城《きじょう》えほんの郷へ出かけ、仮の駐車場となった旧校庭で、車から降り立った私を迎えてくれた花たち。校庭の一角を黄色に染めて広がり、ゆらゆらと春風に揺れていた。それはまるで私に笑いかけているようで、そのやさしさに心が融けて、一気に泣けた。

それからだ。悪い夢を見なくなったのは。

それは、キンポウゲが私にかけてくれた魔法。無心に咲く可憐な野の花は、ただそこにあるだけで人の心を癒す力を持っている。

シンプル

こなら亭での私の暮らしをひとことで言うなら「シンプル」だ。四季の流れに添って自然に近い場所で生活していると、モノも気持ちも余計なものが削ぎ落とされてゆく。

私のシンプルな暮らしとは、まず日々のサイクルそのものが単純だということ。朝起きてごはん食べて仕事して、余暇を過ごして夜眠る。掃除して香を焚く時間がとても楽しい。一年も四つの季節の行事を大切にしながら毎年同じような運行をくり返している。たとえば春の大型連休は毎年由布院の定宿で安息をとる。そこで頂いたショウブやヨモギを玄関軒に魔除けとして飾る。夏の七夕、秋の十五夜、冬の大晦日正月。季節の行事を過ごし、旬のものを食べる。それを二十年くり返している。

これまでの日々を振り返ると、息子が少年から青年になる間に、それなりに年ごとの変化があり泣き笑いもあった。私もフリーランスで放送や司会の仕事をしているから浮き沈みに（ちいさく）一喜一憂しながらも、幸い日々は平凡に過ぎた。私はこんな平凡な暮らしが心地よい。

さらにシンプルとは、余分なものを持たないことだ。何をもって「余分なもの」とするかは人それぞれに違う。私には数多くの装飾品や新作の洋服やバックや靴は必要ないし、部屋を飾る高価な調度品も興味がない。冬の普段着はカシミアのセーターとジーンズ。夏のそれはセーターが麻のシャツにかわるだけ。部屋を飾るのは季節の花と、座り心地のよい椅子と日常に使う籠や器とグラス。それは使い勝手のよい、従って機能美にあふれた暮らしの工芸たちだ。モノがあふれることなく好きなものが傍らにある部屋は暮らしよい。

その他の諸々も持ちすぎず足りないくらいが丁度よい。仕事も肩書きも友だちも欲張って抱え込むと心配ごとが増えてゆくばかり。とくに友だちは数ではなく、利害関係を越えた心から信頼できる友がひとりいればしあわせだ。

シンプルに暮らすコツは物事に執着しないこと。過ぎたことをクヨクヨ振り返らないし、まだ起きてもいないこれからのことを想像して気をもんだりはしない。手に掴んだものが離れてゆこうとするなら、いっそ手放してみる。手放すまでは怖いけれど、放ってみるとかわりに爽快感が残る。

とはいえ、じつはまだまだクヨクヨしている私なのだが……。若い頃の私はもっと執着でいっぱいだった。とくに、息子を産んでのち仕事をやめてすぐは、人が信じられなくなったうえに肩書きのなくなった自分が頼りなくて、見るからにシャネルだとわかる時計を身につけていないと外出できなかった。その時計は鎧。人が私をどう見るか。肩書きやら見てくれやら、そんなことに心を捉われていたのだ。

でも、キンポウゲやイヌフグリや蓮、花たちが何かあるたびに私の心を緩めてくれた。こなら亭に暮らし始めてからは、身近な自然の四季のめぐりやこの庭の草木虫たちがさらに心を軽くしてくれた。冬のあとには必ず春が来る。ちいさな生きものたちは命を全うするためだけに無心に生きている。自分を大きく見せようとか他者と比べてよりたくさん持とうなんて人の考えは浅はかだ。

だから私は自然をお手本にシンプルに日々を送ってゆく。それは身の丈にあった私らしい暮らし方だ。

雨

春の雨はやさしい。

冬の寒さがゆるむ頃、煙るようにやわらかな雨が降り、こなら亭に春の訪れを告げる。それから草木の芽吹きが始まり、ひと雨ごとに庭に緑が広がってゆく。リビングの窓越しに眺める日々の変化は、まるでチャコールで描いたモノクロの風景画に水彩絵の具をさしてゆくようだ。

雨が好きだ。朝目が覚めて雨音のする日はほっとする。もちろん晴れた日もよいけれど、雨はその音とともに私のまわりの空間を埋めて、まるで誰かがそばにいてくれるような安心感を与えてくれる。

私の実家はかつて農業を営んでいた。天気が悪いと仕事ができないので、両親がうちにいてくれる雨の日がうれしかった。そんな子どもの頃の体験もこの安心感に繋がっているのだと思う。雨の日、何の予定もなく家にいられるのなら、雨音を聴きながらその安心感の中でうとうとと眠り続けていたい。

でも、息子がちいさい頃は、雨の日は意識して外に出かけた。傘をさし、歩いて幼稚園へ行ったり、散歩したり。なぜなら彼に雨を体感してほしかったから。雨の匂い、雨に濡れること、その冷たさ。雨

だから見られる景色、出逢える生きもの。そして、そもそも空から雨が降るという不思議。感性のやわらかな幼児の時に、雨を知ってほしかった。彼が雨を好きになるかどうかは、私には操れない縁だ。しかし、もし雨と友だちになれたら、彼にとって雨の日は決して「あいにくの天気」ではなく、心地よい一日になる。

雑木の庭に暮らし始めて気がついたことがある。

それは「雨は聴くもの」だということ。

雨に心ひかれていたから、降り方や音が季節によって違うことをなんとなく感じていたが、この庭に暮らすようになってあらためて雨音の心地よさを知った。

コナラの木立に降る雨は、その季節ごとの雨をもっと繊細に小気味よく耳に響かせてくれる。梢に降る雨、葉っぱに当たる雨粒、下草に落ちる雫。高い音、低い音。細い音、太い音。それらが協和して奏でる音は心にしみてやさしい。

だから私はよく雨を聴く。難しいことではない。ただ雨の日に耳を澄ませるだけだ。頭を空にして雨音に心を傾けると、その心地よさに平和な気持ちになる。たとえそれが豪雨でも。いや、むしろ強い雨の方が気持ちを鎮めるのにふさわしい。激しい雨音は私のすべてを包み込み、考える隙間を与えない。人づきあいのうちに宿した虚栄やら妬みやら、心にざらつく雑念を消してゆく。そして、ただしなやかに自分のままでいるようにと、ささくれ立った心を糅《なめ》してくれる。

こなら亭では、雨もまた「よい天気」だ。ひと雨ごとに暖かくなる春はとくに雨が待ち遠しい。

さくら

私は「お花見」にはあまりゆかない。お酒は好きなので、誘われれば花見酒には喜んで出かけてゆくが、ソメイヨシノを見にわざわざ出かけることはない。もちろん花の季節、ソメイヨシノの並木を通る時キレイだなぁと感じる。でも、一律に並ぶ花を長い時間眺めていると、どうも疲れるのだ。

私にとってのさくらは、なんといってもヤマザクラだ。宮崎では、早春、日南海岸あたりの山から徐々に咲き始める。青い杉林や照葉樹林の中に、ぽっぽっと花明かりが灯るように咲く風景がいちばん好きだ。桜前線は海岸から山へと、南から北へと移動し、早い時は二月頃から遅くは五月くらいまでその風景を眺めることができる。

さくらは「田の神の依る座」だそうだ。

さくらの〝サ〟は、農耕神のサガミ（田神）のことで〝クラ〟は座る場所を意味する。農業において豊凶を占う花でもあり、諺がたくさんある。また春の農耕の始まりを知らせる花だった。

私の住む本郷は早期水稲だから、田植えとヤマザクラの開花がちょうど重なる。その季節に南バイパス脇の農道を散歩すると、水をたたえた田んぼが水鏡となって青空を映し、その向うに見える双石山《ぼろいしやま》、斟鉢山《くんぱちやま》といった徳蘇山系《とくそさんけい》に点々と咲くヤマザクラの遠景が、それはうつくしい。父が健在だった頃はこの風景の中で田植えをした。父はどんな想いでヤマザクラを遠く眺めていたのだろう。

父といえば、彼も含めて実家である川崎の家族が愛したさくらがあった。それは本家の門の脇に立つ

川﨑本家に 100 年以上咲き続けたサクラ。
この写真を撮った春が見納めとなった。

山笑ふ

樹齢百年を越えるヤマザクラ。ちょうど春の彼岸の頃に咲くから、私たちは「ヒガンザクラ」と呼んでいた。満開になると、遠くからでもその存在がよくわかる。こなら亭からも見えるから、花の季節は名所へ出かけなくても、この一本のさくらで満足していた。

しかし、次の春、このさくらはもう咲くことはない。本家の広い屋敷が分譲住宅地として整地されることになった。

本家の母屋の奥にはかつて樫や椎の林があり、竹林や果樹園も広がり、前庭が築かれ、敷地を囲む屋敷森があった。それらがすべて伐られ、ほんの二ヶ月ほどですっかり更地になってしまった。たいへん惜しいが、今の時代広い屋敷を個人で維持していくのはとても難しい。その大変さを次の世代に引き継ぐことはできないという本家の判断は仕方ないと思う。

そこでさくらが伐られると聞いた夏、私は樹下に通いちいさな種を集めた。せめて、さくらの命が次世代に受け継がれるように。今、うちの冷蔵庫に静かに眠らせてある。この冬種まきをして、上手くゆけば、春には芽が出る予定だ。そして、いつかみごとに花咲くことを種たちも夢見ているに違いない。

田んぼの向こうに斟鉢山《くんぱちやま》。

オープンガーデン

春、コナラが銀色の新芽を吹く。本当は若葉色なのだけれど、新芽はたくさんの白い産毛をまとっているから、それが銀色に見える。やがて若葉が広がると同時に花が咲き、若葉のつけ根から垂れ下がる花の房は、舞子さんの花かんざしに似て可憐だ。

雑木の庭の魅力はこの春の芽吹きから、秋の紅葉、冬の落ち葉まで、草木の変容を間近で見て、四季の移り変わりと自然の豊かさを感じながら暮らせることだ。とくに新緑の頃は景色が毎日変化する。伸びようとする若葉のエネルギーが庭中に満ちて、住人も元気をもらう季節だ。

若葉は木の種類ごとに緑色のトーンが違う。濃淡様々で、コナラのように銀色がかった緑もあれば、赤みを帯びている新芽もある。

でも成長すると皆同じような緑色になってしまうので、その木の数ほどの色々な緑を目にすることができるのは、若葉の間の限られた数日だけだ。その数日を日々生活しながら味わうことができるなんて、

なんという贅沢なのだろう。

　そこで、こなら亭では若葉の季節にオープンガーデンを催している。息子が幼稚園年長さんの一九九八年に始めた。久富さんによるこの庭が、前年に雑誌「BESE」のガーデン大賞で佳作に入ったこと、雑木の庭がどんなものか知って頂きたいという思いがきっかけだったが、今は、雑木林の庭で心地よく過ごして頂き、里山の雛形みたいなこの庭と

の出会いが宮崎の自然への興味に繋がるようにと願い、開いている。

今でこそ宮崎もオープンガーデンをする庭が増えてきた。でもうちが始めた頃はまだオープンガーデンそのものが日本ではなじみがなく、庭を公開することの意味から説明していたのを思い出す。

我が家のオープンガーデンはおもてなしとして飲み物とお菓子をお出ししている。そうすることで、お客さまに小一時間過ごしてもらえるから。雑木の庭は見るものではなく、そこに身を置いて体感するものだ。若葉の色、新緑の芳香、葉ずれの音、木漏れ日のあたたかさ、あるいは雨の涼感。木陰の椅子に座り、おいしいコーヒーを飲んでいると、五感が開いて心が澄んでゆく。

この間にいったい何人のお客さまがあっただろう。新聞に写真入りの紹介記事が載った時には、三日間で二百名を越す訪問者があった。今では二日間で六十人ほどだろうか。夫が毎年人数を記録しているが、数が多い方がよいというものではない。

大切なことは想いを分ち合うことだ。人は自然から様々なものをもらっている。そばに緑陰があるだけでこころ豊かな暮らしになることを、これからも伝えてゆきたい。

どんぐり屋

オープンガーデンは家族三人が力をあわせて切り盛りする我が家のお祭りだった。友だちのお手伝いも頂きながら、夫は主に駐車場案内と受けつけ。息子は庭をご覧になったお客さまをテーブルに案内し、飲み物をお出しする接待係。私はキッチンにいて、コーヒーを淹れたりお菓子を準備したり、ご希望があれば庭のお話をするという役割だ。

息子は幼稚園の年長さんから高校生になるまで、毎年よくつきあってくれたと思う。とくに小学生の時には、みやざき子ども文化センターでキッズカフェの接客講座を受けたこともあり、笑顔で上手にお客さまをおもてなししていた。東京の大学に進学してからは参加できなくなったが、何度も足を運んでくださるお客さまから息子の消息をよく尋ねられる。

「ちいさな体にエプロンしていたあの男の子が、もう大学生？」

と、感慨深げな顔をされたが、この春には社会人になる。

そんな息子の思い出話で必ず出てくるのが「どんぐり屋」の話

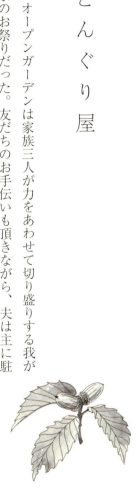

題だ。どんぐり屋とは、オープンガーデンの期間中、夫と息子が出していたコナラやモミジの苗屋さん。

こなら亭にはたくさんのどんぐりや木の実が落ち、春には芽を出す。夫と息子はその双葉をビニールポットに移植し苗づくりをしていた。それらを山に植えて、いつかコナラの森をつくるという壮大な夢を描いていたのだ。そして、その苗をオープンガーデンで売って山を買う基金にしようというのがどんぐり屋の始まりだった。

その苗が、飛ぶように売れた。

「息子さんは商売上手で、値引きしてくれたり、丁寧に育て方を教えてくれたりしたわねぇ。」

もともと百円という値段。子どもの商いだし、コーヒーやお菓子は無料でお出ししていたこともあって、皆さん気を遣って帰り際に買ってくださったのだ。おまけに終わり時間が近づくと五十円に値引きするものだから、売れないはずがなかった。

年を重ねるごとに熱心になり、息子はコナラを上手に育ててもらうための「どんぐりガイド」もつくった。どんぐりの本を参考に、鉛筆で手書きしてコピーした説明書には四コマ漫画も入っていて、今取り

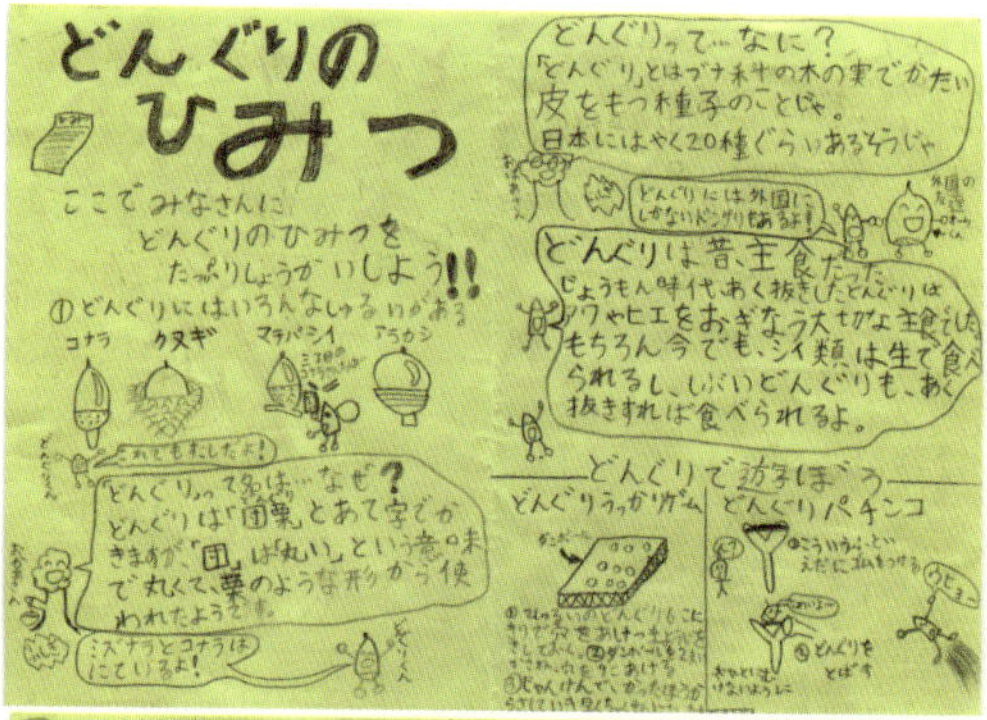

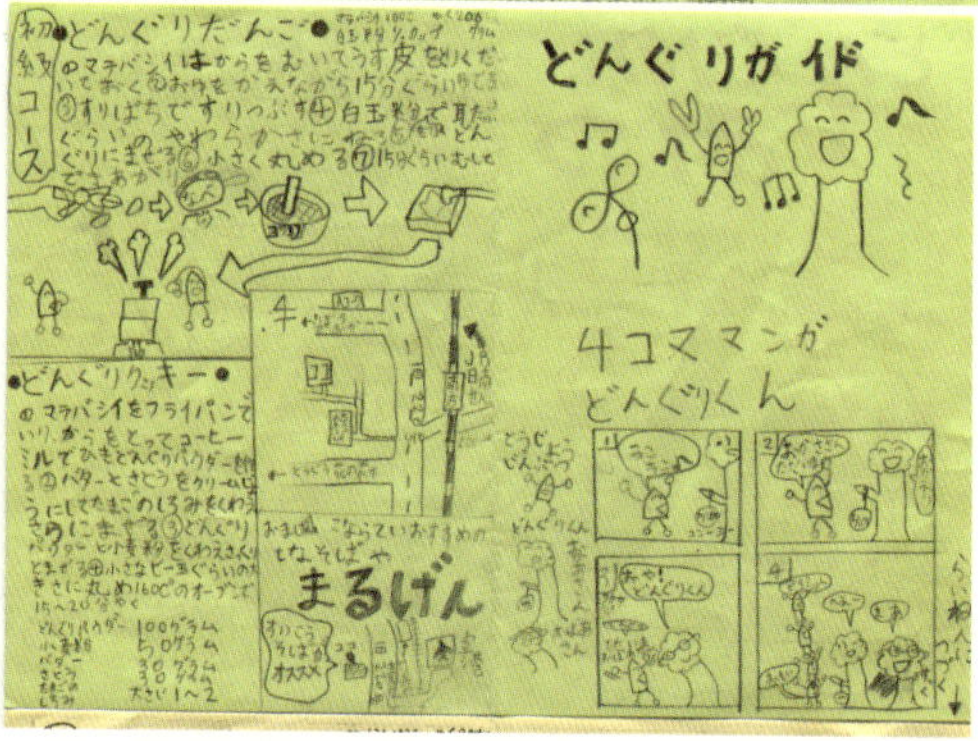

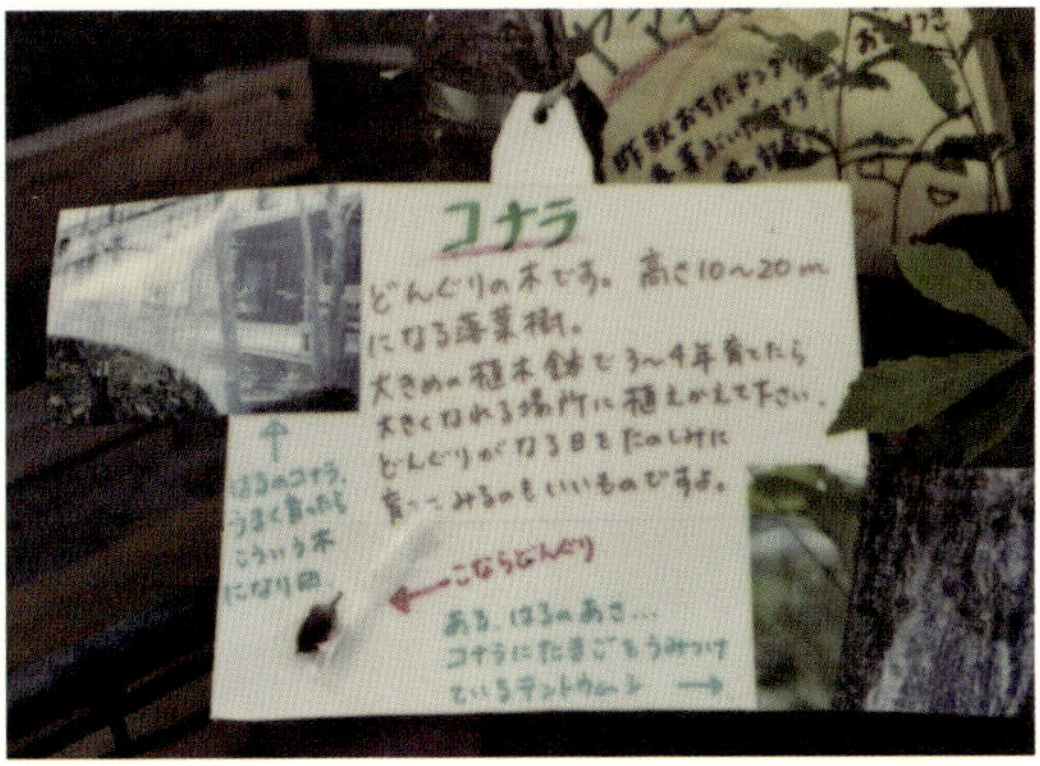

出して見ても楽しくなる。あの頃の息子の感性がいっぱい詰まっている私の宝物のひとつだ。

結局、苗は毎年ほぼ完売するうえ、夫も息子も忙しくなって苗づくりが追いつかず、二〇〇四年でどんぐり屋は閉店したが、四百本ほどのコナラとモミジを世に送り出した。その残りの二本のコナラが、隣のアパートの屋根の高さにまで、畑で成長している。

売上金は空き瓶に貯められたままだ。彼らの森づくりの夢は続いている。いつかどんぐり屋が再び店を開いたら、足を運んで頂きたい。

テントウムシ

テントウムシにはたいへんお世話になった。

息子が幼稚園にあがる前、彼を実家に預けると、母がよく連れて出かけたのが近所の空き地を囲むブロック塀。そこにはナナホシテントウムシがたくさんいて、息子は長い時間飽きることなくテントウムシを眺めていた。

塀の足もとには、餌になるアブラムシがびっしりついたカラスノエンドウが

生え、ちいさな卵も産みつけられ、幼虫やサナギもいた。タイミングが合うと成虫がサナギから孵る様子が見られる。テントウムシの鮮やかな色や形の愛らしさもさることながら、息子はそのドラマチックな虫の生活環に夢中になった。昆虫の変態は、おとなでもわくわくする自然の神秘と不思議だ。サナギが身をくねらせ、まるで寝袋から這い出るように羽化する過程を、彼は時間を忘れて無心に見入っていた。

人間にとって、この「無心になる時間」はとても大切だ。とくに子どもの頃は、自然の中で遊ぶ経験が感性を育むと私は信じている。時間を忘れて青空の下で緑の空気を吸いながら、自然の営みの不思議に夢中になることは、子どもたちの心の栄養だ。

テントウムシは息子を子守りし、無心になる時間をくれた恩人恩虫なのだ。

庭ができて迎えた初めての春のこと。うつくしくひらいた若葉にアブラムシがついた。せっかくの緑がアブラムシの出した粘液で黒すす病になった。私はそれがどうしても我慢できず、久富さんに農薬を散布してもらった。

結果アブラムシはいなくなったが、他の虫も死んでしまった。地面に色々な昆虫の死骸が散らばり、なかには虹色のタマムシもいた。私は自分の軽はずみな行動を悔いた。

じつは農薬なんか撒かなくても自然は自分の力でバランスを取る。それを教えてくれたのもテントウムシだ。

農薬散布をやめた次の春、やはり若葉にアブラムシがついた。でも私たちには秘策があった。それがテントウムシ。例の空き地の塀からせっせと成虫をコナラの幹へと運んだ。すると案の定、彼らは期待通りアブラムシを食べ始めた。もちろんそれくらいのことでアブラムシを駆除できるわけではなかったけれど、農薬をやめたことで見えてきたのは自然のまぁるい繋がりだ。

樹木には虫がつく。するとそれを食べるクモや鳥、別の虫が集まる。鳥が糞をしてそれに紛れ込んでいた種が新しく芽生える。命がちいさな庭で循環しているのだ。

夏の夜、コガネムシがコナラの葉をサクサクと食む音がする。草木だけを愛でる庭の持ち主なら居たたまれない音だと思うが、私は心地よく聴いている。そこに棲むちいさな命たちも含めて庭とする。こなら亭はそんな空間だと、その命たちが教えてくれた。

夏の朝

泥水をかいくぐり
すっくと伸びた茎の先に
朝まだき
清く花ひらく
この世のものとは思われない
色　形　芳香

それは
蓮
という名前の
小宇宙

山　滴　る

いのちとくらす夏

夏の朝　クモがうつくしい巣を張っている
昼には　ハチが花の蜜を求め
夕べに　コウモリが虫を追って飛びまわる
夜には　ヤモリが窓辺で灯に集まる蛾を待ち
深夜に　フクロウが小動物を狙いにかかる

晴れた日のカマキリのダンス
雨の日のカエルの歌

私はひとつひとつのいのちに
目を凝らし耳を澄ませる

君は生きてるね
私も生きてるよ

イチジク

今年、父から受け継いだ畑に一本のイチジクを植えた。苗に添えられた説明書には収穫まで三年と書いてある。

イチジクはいとしいくだものだ。

梅雨の頃にハウスものの早生がくだもの売り場に並ぶ。見かけたら少々高くてもつい手が伸びる。夏の盛りになり、近所の地場産野菜の店に露地物が出はじめたら、冷蔵庫に欠かさぬように買い続ける。そのまま食べたり生ハムをのせたり。最近は田楽味噌を塗って食べるやり方もお気に入り。甘く食べるなら、キャラメルソースで和えるかタルトレットにする。

旬の間はとにかくあらゆる調理法で毎日のようにイチジクを食べ続ける。

しかし、イチジクはせつないくだものだ。

むかし母方の祖父母の家の中庭に大きなイチジクの木があった。ゴツゴツとした枝をまるで天を支えるように八方に伸ばし、豊かな葉の繁りは艶かしい香りを放っていた。むせるような青い香りの中で熟した果実を探して、従兄弟同士競うように採るのが夏の楽しみだった。

おとなになってふとそれが懐かしくて祖父母の家を訪ねたが、かつての風景はもうそこにはなかった。時が経ち祖父母は亡くなり、孫たちも皆それぞれに成長し、祖父母の中庭から卒業して行った。

枯れたのか切られたのか、イチジクの姿はなくなり記憶にあったよりも狭い〝中庭〟という空間だけが、あとにぽかんと残されていた。

子どもの頃には見上げるような大きな木だと想っていたが、今になってみるとそう大きくはなかったことに気づく。なくなった理由も叔父に聞けぬまま時が流れた。

それからイチジクの芳香を嗅ぐと、子ども時代の無邪気な時間を懐かしく思い出した。同時に、おとなになったことの悲しさにせつなくなるのだ。

そのせつなさも含めてイチジクはやはり、いとしいくだものだ。

最近はデザートというよりお酒のアテにすることが多い。タルトレットは粕とりブランデーのマールによく合うし、生のまま切り分けてラルド（豚の背油の塩づけ・薫製）を添えるとワインの友となる。

つまりは、私を酒呑みに堕落させるイケナイくだものである。

そういえば、アダムとイブが禁断の木の実を食べ、裸であることを知り、腰にまいたのがイチジクの葉を綴り合せたものだった。

そもそも創世記から、イチジクは心憂いくだものだったかもしれない。

説明書き通りにゆけば、一番果がつくのが三年後。私は、その日をいとしくせつなく待っている。

羽化したてのセミ　こなら亭では命の誕生も身近に観察できる。

蝉

毎年セミの初鳴日を手帳につけている。

今年は六月二九日だった。つけはじめからの傾向を見ると、毎年この前後五日くらいの間にセミが鳴き始めるようだ。

こなら亭には三種類のセミがやって来る。やって来るのか、庭で孵ったのかはわからないけれど、一番先に鳴き出すのはアブラゼミ。それから三週間ほど遅れて夏の主役クマゼミがワシワシと鳴き始め、夏も終わりが見え始めるとツ

山滴る

クックホーシが聞こえてくる。

この夏はツクツクホーシが早かった。いつもはお盆が過ぎて聞こえる声が、今年は七月のうちに庭に響いていた。ハナミズキの紅葉も早くて、今年は秋が急ぎ足でやって来る気がする。

夏にはセミが鳴く。それは当たり前のことだ。でも、その当たり前を聞き流さずに、ちょっと意識するだけで季節の楽しみが増えてゆく。今年のセミはいつ鳴き始めるかしらと、初鳴きを待つのはなかなか乙なものだ。

夏の盛りは夜明けとともにうるさいほどセミが鳴く。私の眠りを破るのはクマゼミの声だ。

それが午後になって、昼寝をしようと私がリビングに寝転ぶ頃は、クマゼミはやんでアブラゼミの声に変わる。

コナラの梢から、まさに降って来るような蝉しぐれを全身に浴びているうち、うとうと眠く

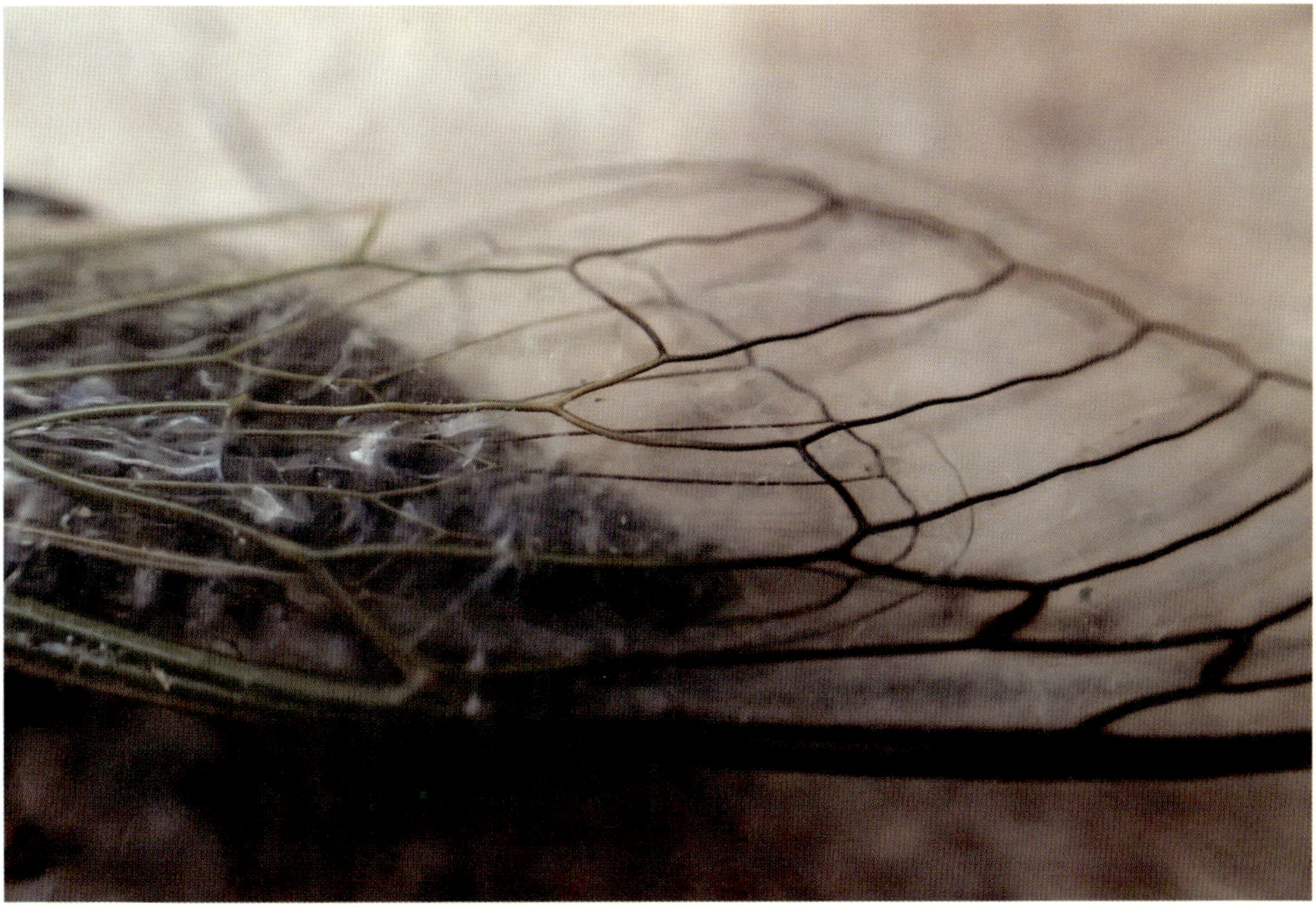

アール・ヌーヴォーのガラス工芸のような蝉の羽

なる。意識の遠くで鳴くかすかなセミの声と庭を渡る風の葉ずれの音に、どこか遠い夏に身を置いている夢を見る。まるで離れた場所にいるような、過ぎて行った時間の向こうにいるような。

　考えてみればセミの鳴き声を聞かない夏はなかった。夏はキライじゃないけれど、その声が連れて来る夏の思い出はいつもせつないものばかり。宿題が終らない夏、失恋した夏、夢が破れて自分の将来が見えない夏。胸がキュンとして夢の中で泣きそうになる。

　そして再び降り出した蝉時雨に現実へと連れ戻されて、私は今を生きていることにほっとする。


　セミの初鳴日を記録していることを自然の達人である友人に話したら
「初鳴日だけでなく、私は最後にセミが鳴いた日もつけているわよ。」

と言われた。

　夏の終わりが近づいたら、毎日セミが鳴いたのを確認してカレンダーに印をしていくのだそうだ。そうすると、ある時ついに鳴かない日がやってくる。印がなくなった前日がセミの終鳴日だ。

　簡単なようでじつはこれがなかなか難しい。私も挑戦したが、鳴き止むのは暫く先だなと思っているうち、一度も記録しないままセミの季節は終ってしまった。

　夏はいつも気がつかないうちに去って遠い思い出になっている。

ちいさな残酷

夏の田んぼ、刈ったばかりの稲の切り株。そのいちばん鋭い切り口にカエルのぷっくりとした白いオナカを刺す。私の手に挟まれたカエルがプチッと弾ける感触がおもしろくて、幼い私は何匹も何匹もカエルをつぶした。それは私がまだ小学校にあがる前の、その出来事をぎりぎり記憶できる年頃だっただろうか。犠牲になったのはカエルだけではない。あの頃の私の遊び相手は草花と虫たち。チョウチョ採りに始まって、トンボやセミ、タマムシにクワガタカブトムシ、土の中のミミズやオケラに至るまで、色々な虫を捕まえるのが私の楽しみだった。庭のあちこちにクモが巣を張るのを飽きずに眺め、それでは足りず時にはカナブンを捕まえて来てクモの巣にひっかけ、糸でぐるぐる巻きにされるのを時間を忘れて見入っていた。草花だって、れんげ田に座り込んで花メガネや冠を編んだのをはじめとして数えきれないくらいたくさんの野花を摘んで遊んだ。

今思えばなかなか残酷なこともやっていたのだが、カエルのオナカをつぶすことを楽しみとしていた私が長じて猟奇的になったかというと、そんなことはまったくないのである（と思う）。

小学生になって分別が身につくと、ふと自分がしたことの残酷さに気づく時がやって来た。指先に残るおもしろかったはずのあの感触は胸の痛みに変わり罪悪感で心が凍った。それは思い出したくない記憶となり、心の奥底に頑丈に鍵をかけしまい込んだ。それからおとなになるまでカエルをつぶしたことは忘れてしまった。

『子どもの頃の、虫などちいさな生きものを殺す経験は、人間が本来持っている残酷性を克服することに繋がっている。子どもたちはちいさな残酷をくり返しながら、本来の残酷な欲求を制してゆくのだ。』

ある講演でそう語られたのを聞いて、私は子どもの頃を思い出しその言葉を腑に落とした。カエルのオナカをつぶしたあの幼い日の経験もまた、私の中の残酷性をおさめ成長するための通過儀礼だったのかもしれない。聞けば、カエルのお尻からストローを差し込んだとかコウモリの羽根に穴を開けたとか、まわりにもちょっと残酷な子ども時代をおくった友人が少なくない。

子どもの成長には自然と関わり命と向き合う経験が必要だ。植物や昆虫といったちいさな命と遊びながら、子どもたちは自然の不思議や他の命との距離感やその尊さを知る。それは、自分の五感を使わなければ得られない学びだ。

チョウチョをつかまえる時、私はチョウチョが逃げないように傷つかないように上手に指先の力を加減することができる。こうなるまでにはたくさんの虫を傷つけ殺したこともあるのだが、その経験で命のかけがえのなさを知り、慎みをもって自然と接するようになった。

八月、近所の田んぼの稲刈りが終わる頃、並んだ切り株を眺めるたびに私はカエルを思い出して胸を痛める。でもそれ以上に、田んぼで遊ぶことのない今の子どもたちを思うと胸が苦しくなってくる。

青空の下を駆けまわり虫とりをする子どもは絶滅危惧種だ。バーチャルな世界も教室も抜け出して夏の田んぼに出ておいで！

旅する君へ

この夏、息子が旅に出た。夏休みが始まってすぐの、八月初旬から一ヶ月かけて、日本を縦断するひとり旅。秋の終わりにハタチになる彼は、もはや母親にはその旅の詳細など語ってくれないのだが、旅は北の果て北海道の稚内から始めること、その後はとくにルートを決めず実家のある宮崎まで気の向くままに帰ることをFacebookで告げて、彼はひとり上野から青森行きの夜行列車に乗った。

その息子が、初めてひとりで旅をしたのはいつのことだっただろうか。ちいさい頃から父親ゆずりの鉄道ファンで、小学校高学年の時にはすでに鹿児島への日帰りや、福岡の大叔母を訪ねての列車の旅に出かけていた。

彼を、ひとまわり大きくした旅がある。確か小学校六年生の夏だ。鹿児島から帰るはずの時刻に駅へ迎えに行ったが、息子が降りて来ない。雨の夜だった。その次の列車にも乗っていなくて心配し始めた頃、彼から電話があった。「大雨のため、乗っている電車が山中の青井岳駅で運転を見合わせている。車掌さんから携帯電話を借りて電話しているので長くは話せないけれどＪＲが対処しているので心配いらない。」という。母としてはそれでも心配で「車で迎えにいくから！」と答えたが、彼は冷静に「大雨だからかえって危ない。ＪＲが代行のバスを用意するはずだから大丈夫。また連絡する。」と電話を切った。

結局、彼の説明通り、乗客は代行車で宮崎駅へ無事到着し、その日深夜に駅まで迎えに行ったことを懐かしく思い出す。駅から出て来た時の息子の顔は、ちょっと逞しくなっていた。

そしてハタチ（直前）のひとり旅。昨年から計画して、このためにアルバイトでお金を貯めてきた息子。初めて自分の力で行く、記念すべき彼の旅立ちであった。

人生は旅である。多くの文学者や著名人がそう述べ、息子より三十年先の人生を行く母もまたそう実感している。旅もまた人生である。真っすぐ行くのか、寄り道するのか。何を楽しみ、出逢う人々と何を語るのか。時に襲ってくるトラブルや寂しさにどう向き合うのか。

人生の雛形のようなこの夏のひとり旅を終えたら、きっと彼は大きく成長し、親として彼の人生を心配する必要は、もうなくなるような気がしている。この旅の経験は、これから先、たとえ彼に何が起きても、なんとか乗り越えて行く力になるだろう。

「人に決められた人生を歩くことほど、つまらないものはない。」

高校生の時、そう言い放って自分の進路を決めた君。確かに、旅は自分で調えてノーリザベーションで行くのが最高に楽しくて素敵だ。

この旅の途中、息子がFacebookにあげた一枚の写真。それは知床半島のウトロ、見晴橋から見たオホーツク海に沈むうつくしい夕陽だった。この一枚を写し撮った感性に、私は「息子がおとなになったこと」を実感した。君はこのあともまた旅に出るだろう。人生は旅。次は、どこを目指すのかしら。ならば私はこれからどんな風景に会いに行こう。旅先の息子から届いた絵はがきを眺めながら、母は、自分自身の新しい旅を考えている。

（二〇一二年専修大学育友会会報紙「育友」寄稿文）

蓮

蓮は泥の中から芽生え、けれど泥に染まらず、天を仰いで清くうつくしい花を咲かせる。その姿は私のあこがれの在り方だ。

私は四年前から蓮を育てている。育ててみて初めて知ったのだが、最初に出る蓮の葉は睡蓮のようなちいさな浮き葉。その浮き葉が何枚か出た後に、立て葉の芽が立ち上がる。それもはじめは小ぶりで、徐々に大きめの葉が出るようになり、花芽がつきだす六月になってようやく太い芽が出て、いかにも蓮らしい大葉となる。

花もはじめから大きな蕾が出るのではない。まずは小指の先くらいの花芽がちょこんと遠慮がちに水面から顔を出す。それがだんだんと成長して、やがて拳ほどの大きさのふっくらした蕾となり、花ひらく。傘のような大型の葉もみごとな大輪の花もはじまりは皆ちいさな芽。そんなことに、なんだか勇気をもらう。

花が咲きそうな夏の朝、私は早起きして蓮を見にゆく。花は早朝にひらき昼過ぎにはとじてしまう。

「咲く時はポンッと音がするのでしょう?」

とよく尋ねられるが、私はまだ音を聞いたことはない。そのかわり、ひらくと妙なる香りが聞こえてくる。

花の命はほぼ四日だ。一日目は花の先が口をあけるくらいに。二日目はお椀型にたとえられるほどにひらき、またとじる。三日目はひらききって、まさに蓮の臺《うてな》となる。そして、四日目には満開のまま花びらが散り、花托だけが残る。その散り方はじつに潔い。

蓮の姿は私に「生き方」も示してくれる。蓮を育てているようで、本当は私の方が育てられているのかもしれない。

遠花火

夏の宵、庭の木立越しに遠く花火があがる。南の方角、こどものくにか青島の祭りだろうか。リビングのデッキに出て眺める遠花火、遅れて聞こえるかすかな音。

私はこうして遠くにあがる花火を見るのが好きだ。

子どもの頃、父が見に連れて行ってくれていたのも遠い花火だった。

花火大会の日、私たち姉弟は早めに夕食をすませると嬉々として駄菓子屋にアイスキャンデーを買いに走った。それからふたりの弟と、父の運転する軽トラックの荷台に乗り、向かったのは蚊原川《かきはらがわ》の橋の上。

今では国道の南バイパスが川の脇を通り夜でも交通量が多いが、あの時分はまだ田んぼばかりで夜道を通る車はなかった。父は橋の真ん中に車を停め、私たちは荷台でアイスを舐めながら遠くにあがる花火をのんびりと眺めた。

聞こえるのは虫と蛙の声と遅れて耳に届く花火の音、ラジオの野球中継。頭の上には満天の星。時折、水田を渡ってくる風が頬にあたって心地よかった。

子ども心に、友だちが「行った」と自慢していた街中の会場で見る大きな花火にあこがれながら、でも、父に連れられてゆくその遠花火が姉弟の夏のうれしい行事だった。

そのせいだろうか。おとなになってからも私は遠花火に魅かれる。心に残っているのは、修学旅行で夜行列車の窓辺から遠くに見た中津の花火と、夜間飛行で夫と高いところから見下ろしたディズニーランドの花火。

一度、息子が小学校一年生の時、家族で河川敷の花火会場に行ったことがある。間近に花火を見上げていたのだが、不思議と花火の記憶がない。

覚えているのは、花火の帰り道、綿飴を買おうと息子と橋通へ向かったら、ひどい人混みに流され、そこから抜け出すのに苦労したこと。最後は綿飴も買えず泣きべそをかいた。

間近に見る連発の花火は華やかで、確かに一瞬心を奪われる。しかし、距離を置くことで見えてくる遠花火の素朴なうつくしさにこそ私は感動する。

遠くで見る花火もよいものだ。

山法師

秋の葉

おはよう
また一枚
執着というおもい衣を脱ぎ捨てて
迎える別の朝
かろやかに

カマキリ

秋風が吹く頃、大きなお腹を抱えたカマキリが産卵場所を探してこなら亭をうろうろする。草木に産むのはよいけれど、これが、家屋に産みつけられると厄介なので、母屋周辺で産卵しそうなお母さんカマキリを見つけたらそっと木立の辺りへとつまみ出す。

前にこんなことがあった。リビングの網戸の端に卵を産みつけようとしていたカマキリ。私はそうと気づかず戸を閉めて、産んでいる最中のお母さんごとそれをつぶしたのだ。

同じことを繰り返さないように、秋は戸の開け閉めには要注意の季節だ。

カマキリのせいでいちばん骨を折ったのは、二〇〇二年初夏の「キッチンカマキリだらけ事件」。

夕飯の準備をしようと食器棚を見たら、その扉の縁でちいさなカマキリの赤ちゃんがこちらを向いて微笑んでいた（ように見えた）。あらあら、こんなところに迷い込んで……とつまもうとしたら、すぐそばにもう一匹いる。まぁ、ここにも……と視線を移したら、その先に

点々とちびっ子カマキリたちがいて、私に向かって手を振っている（ように見えた）ではないか。はっとして、点が行き着く先の天井を見上げたら、ぞっとするほどたくさんのカマキリの赤ちゃんが鈴なりになっていた。

どうやら雨を避けてキッチンに入れたデッキチェアーに卵がついていたらしい。いつもは外に置いている椅子だが、たまたま孵化日に屋内に入れてしまったのだ。

カマキリを捕まえる冬星

捕まえたカマキリの赤ちゃん
（手を振ってるでしょ……）

さあ、それからがたいへん。解決策として真っ先に考えたのは、掃除機で一気に吸い込んでしまうこと。だが相手は命である。ちょうど息子が遊びから帰宅したので、人海戦術。……というには人の数が足りなかったが、ふたりして一匹一匹箸でつまんでコップに入れ、それを庭に放す、を繰り返した。

いったい何往復しただろうか。キッチンからカマキリたちがいなくなる頃には母子してすっかりくたびれてしまった。

まったく面倒な出来事だったが、今となっては楽しく振り返る息子との大切な思い出だ。

翌春、私たちは庭でカマキリの孵化に出逢った。甥っ子が遊びに来ていて、息子と三人で玄関先のもみじの幹に産みつけられた卵を見守った。次々と卵から出てくる様子が、まるでちいさな泡が立つようで、うつくしく不思議な様子にわくわくした。その泡粒のひとつひとつがやがてカマキリの姿となる。あの時、それをじっと観察しながら目を見張っていた甥っ子の表情が忘れられない。自然の神秘に魅せられた彼の澄んだ瞳。

あの夏の夕暮れ、息子とふたり箸で救った命は、今もこなら亭でリレーされながら息づいて、やがて今年も産卵の季節を迎える。

抱擁のないくちづけなんて

山装ふ

庭にどんぐりが音を立てて降る頃、その音を合図に私は二つの仕事を始める。

ひとつは衣替え。どんぐりが木製のデッキに落ちる高く乾いた音は西の風を呼ぶ。だから私は秋風に備えて長袖のシャツを出す。

そしてもうひとつの仕事は、店に出まわりはじめた紅玉でアップルパイを焼くこと。

私が焼くアップルパイは母校 活水女子短期大学クックブックのレシピだ。

活水はアメリカメソジスト系のミッションスクール。女学校時代、家政科創設者であるMiss,Vera・J・Fehrが生徒に講述したものを印刷したのがKwassui Cook Bookの始まりで、活水学院創立百周年記念に新たに改訂編集された。

レシピによると、パイ皮はサックリした練りパイ。パイ生地の油はバターではなくショートニングを使う。リンゴは薄くスライスしたものを生のままパイ皮に詰めてゆく。他には砂糖、小麦粉、ナツメグ、シナモン、それに蜂蜜とバターを入れる。

そして、忘れてならないのがチェダーチーズだ。

初めてレシピを習った時は、甘いお菓子にチーズを入れるなんてと仰天したが、これが肝心。チーズが、パイの中でとろりと飴色に煮えたリンゴの甘さを引き立てる役割をする。たとえると、お汁粉をつくる時最後に入れる塩ひとつまみ、みたいな感じだろうか。

「An apple pie without the cheese is like a kiss without the squeeze.

チーズの入っていないアップルパイは、抱き合わずにキスするようなものよ。」

卒業後、そう教えてくれたのはミセス内藤だった。彼女は米国生まれの日系二世。六十歳を過ぎて両親の故郷である宮崎に移り住み、一九九〇年当時、八十歳を超えていた彼女に私は英会話を習っていた。

アップルパイはアメリカを代表するデザートでママの味。家ごとにレシピがある。生地に練り込むのかフィリングに入れるか上からかけるか、と使い方に違いはあっても、アップルパイにチーズはキスする時のハグのように必須なのだ。

その頃、宮崎の菓子店に並んでいたのはヨーロッパ式の折りパイばかりで、アメリカンパイはめずらしかった。

先生は私のパイをひとくち食べて満面の笑顔でひとこと。

「ああ、まさにこれ。これがアップルパイ!」

それから毎年リンゴの季節になるとご自宅にパイを届けた。その後、小学生だった息子と曽山寺の老人施設にパイを持って訪ねたのが最後となったが、その時も息子にアップルパイとキスの話を聞かせてくださった。

今年も、どんぐりが落ちる頃、私はアップルパイを焼く。きっとミセス内藤は、秋空の彼方、天国でもウィンクしながら「ハグのないキスなんて!」と微笑んでいるだろう。

KWASSUI
COOK BOOK

ひろみっちゃんとミツバチ

私が敬意を込めて「レジェンド」と呼ぶ人物がいる。日之影町在住の〝ひろみっちゃん〟こと田中弘道さん。

彼は、猪射ち、鮎釣り等々、自然の恵みを採取する名人である。とくにニホンミツバチの蜜採りにおいては

「誰の〝うと〟にもハチが来ない年も、ひろみっちゃんの〝うと〟には、必ずハチが入っている。」

と人々に言わしめた人物だ。

宮崎の中山間部で、ニホンミツバチの蜜を採るための〝うと〟が置かれているのを目にする。高さ八十センチほどの丸太をくり抜いたウロに簡単な屋根をつけ、下部にハチの出入り口を開けたもの。春、女王バチが巣に新しい女王を残し分蜂する性質を利用して、分蜂した群れが入って巣を作るよう仕掛ける。

まず空《から》の〝うと〟を掃除して内側に誘引のための蜜を塗る。蜜は仕掛ける人がそれぞれに工夫をしている。ひろみっちゃんにも秘密のレシピがある。私には発酵止めの焼酎を入れていることだけ教えてくれた。

ひろみっちゃんと“うと”

肝心なのは、その置き場所だ。ハチの出入り口は朝日が入るように南東に向ける。他にも、太陽の方向、森の様子、風の通り具合、様々な自然条件を読んで置き場を決める。

うまくいけば、ハチたちは春から秋の間に〝うと〟の上から下へと八、九枚の巣をつくる。

蜜を採るのは、だいたい秋の終わり亥の子の頃。一度蜜採りに同行させてもらったが〝うと〟の中には鮮やかなレモン色の巣が並んでうつくしかった。

もし、この〝うと〟に例年どおりの蜜量があったら、ひろみっちゃんはその半分くらいを採取して、あとはハチの冬越しのために置いておく。どれくらいの蜜を残すのか。その年どれだけ寒くなるのかを予想しながら、彼は残す量を加減する。採集者としては少しでも多く採って帰りたいところだが、採りすぎるとハチが冬を越せずに死んでしまう。

「欲を出さんことが大事。」

というひろみっちゃんは、自然に対していつも謙虚だ。

ハチたちにもやさしく接するから、ミツバチたちはひろみっちゃんには従順で、決して刺したりはしない。

後日、こんなことがあった。ひろみっちゃんが仕事をしていると、ミツバチがやって来て、手の甲を盛んに噛んだという。その様子がまるで

「ひろみっちゃん、来て！」

と呼んでいるようで、気になって見にゆくと、スズメバチが〝うと〟を襲うところだったそうだ。

「俺に助けを求めにやって来たのだと思う。」

という話に

「そんなこつがあろうか！」

と、皆は信じなかった。

でも、いつもハチを思いやりながら世話をしているひろみっちゃんなら、あり得る気がする。

ニホンミツバチは人を覚えるという。もしかしたら、そのココロも通じているのかもしれない。

やはり、ひろみっちゃんは不動不滅の自然の達人、レジェンドだ。

私は心から彼を尊敬して止まない。

うちの畑でも分蜂

女王バチの周りに集まるハチ

青木淳一先生

私が暮らしの中でちいさな命を意識するようになったきっかけのひとつに、動物学者 青木淳一先生との出逢いがある。青木先生は土壌動物学者で、ササラダニの生態学と分類学の世界的な権威。ササラダニの分類という分野をほとんどひとりで開拓した方だ。横浜国立大学を定年退官し、名誉教授となった後は、ホソカタムシという枯れ木に生息する甲虫の研究に情熱を傾けている。そして、そのホソカタムシの調査のため綾の森に来られた折、私は、青木先生にインタビューをする機会に恵まれた。

ダニというと、名前を聞くだけで嫌だという人も少なくないだろう。最近はマダニによる死亡者も出ているから無理もない。しかし、先生のお話によると、世界でおよそ五万種いるといわれる（まだ名前がついていないダニもあわせると十万〜二十万種いるかもしれないらしい。）ダニのうち人や家畜、農作物に悪さをするダニは一割程度。その多くがなんの悪さもしないダニなのだ。それどころか、直接人の役に立っているダニもいる。たとえばミモレットチーズを熟成するには「チーズダニ」が欠かせないし、経師屋さんが掛け軸等の表装に使う古糊の熟成にもダニが必要だという。そして、大自然の中で土壌生成（植物遺体の処理）という大きな役割を果たしているのが、先生が長く研究してきたササラダニの仲間だ。落ち葉を食んで土に変えてゆく彼らがいなければ、森は落ち葉だらけになり、自然界の物質循環は止まってしまう。

先生はかつて昆虫少年だった。虫採り網を手に昆虫を追いかけていた少年が、青年になって昆虫以外の生きものを研究したいと思った時、一冊の本と出逢う。それは佐々学さんの「疾病と動物」。「ササラダニ類は自然界に広く分布して自由生活をいとなんでいるが、極めて珍奇なうつくしい形をしたものが多い。我国のこの類のダニはほとんど研究されていない。」という一文を読み「これだ！」とササラダニのことで頭がいっぱいになり、先生はササラダニの研究を始めた。

先生が見つけて名前をつけたササラダニは日本でおよそ三百種類。海外のものを合わせると四百五十種類におよぶ。それは気の遠くなるような作業の連続だったはずだ。私は先生にその原動力は何か尋ねた。

「トキっていう鳥がいるでしょ。あれは皆に惜しまれつつ日本の自然から姿を消したんですね。そういう意味ではかわいそうだけれど、ある意味しあわせだったなと思うんです。ダニとかホソカタムシは、名前もつけられずに日本の自然からどんどん消えている。だからせめてね、地球上の戸籍簿にこんな名前のこんな形をしたダニや甲虫がいたんだということを、残しておいてやりたい。それが、僕が五十年以上研究を続けて来た原動力です。」

先生は穏やかに微笑みながら答えた。

私たちは、普段の暮らしの中で誰が落ち葉を土に変えているかなんて考えたりしない。それは「自然にそうなる」からだ。でも私は先生の言葉を聞いて意識が変わった。自然はたくさんのちいさな命に支えられている。そんなちいさな命たちに心から感謝したい。

静寂と闇

こなら亭は静かだ。主要道路から外れた場所にあり、前の道はこの集落に住む人以外はほとんど通らないので、夜九時が過ぎる頃には車の音もしなくなる。風向きによっては空港に離着陸する飛行機の音が聞こえるが、それもたまのことで、うるさいと感じたことはない。

普段ここで耳に届くのは虫の音か鳥の声。時折の風と雨音。それさえ聞こえない時には、こなら亭はまったく音のない世界となる。

今、日常生活の中で音のない時間を過ごすことができる人がどれほどいるだろうか。

この家に引っ越した夜、夫が「眠れない」と言い出した。南宮崎駅裏のアパートに住んでいた頃は、一度寝たら近所で消防車がサイレンを鳴らしても起きないほど熟睡する人だったのに。

理由を聞いたら、静か過ぎて眠れないのだという。考えてみたら、夫は街育ちでいつも喧噪の中にいた。

その後はすぐに静かな環境になじんで眠れるよ

うになったが、それまで私たちはいかに物音に囲まれた暮らしをしていたのか。私にはその一夜のことが印象に残った。喧噪になれた人にとって、こなら亭は眠れないほど静かなのだ。

ここにはまた「暗がり」も存在する。敷地の前に畑があり、直接道路に面していないし、木立がまわ

りの灯りを遮ぎるから夜の訪れとともに母屋に闇が降りてくる。

そんな夜の暗さも当たり前のようで、人の暮らしからは遠ざかりつつある。住まいの電灯はこぼれるほど明るいし、街灯や夜通し開いている店の灯りで真の闇はすでになくなってしまった。ある程度の灯りは防犯のためには必要だけれど、それ以上に夜が明るすぎやしないか。

こなら亭の夜は薄暗い。灯りは間接照明だ。部屋全体を明るくする光は眩しすぎて疲れるから、リビングダイニングの灯りは六十ワットのＰＨランプとテーブルスタンドふたつ。どれもシェードが光源を隠し、穏やかな反射光がうつくしく空間を照らす。手元は十分明るいが不要な所は照らさないので、部屋の中に光と影がほどよく混在して心地よい。

夜の暗さは心が安らぐ。一日の疲れを癒やすには、暗闇に身を置くことが一番だと私は思う。そしてそこに静かさが加われば、これ以上望めない極上の休息の場となる。

音がないことは文句なしに静寂なのだけれど、おもしろいことに自然の音は無音以上に静けさを感じさせる。春の鳥のさえずり、夏のセミの声、秋の虫の音、冬に落ち葉が転げる音。他にも色々こなら亭は自然の音が豊かだ。

また闇は自然の明かりを招いてくれる。月明かり、星明かり、花明かり。満月の夜は電灯がなくても部屋は明るい。

だから私は月夜に電灯を消して月光浴をする。天窓から差し込む月の光と虫の音は秋の楽しみだ。

静寂と闇。世の中で失われつつあるそれこそが、こなら亭の最高の贅沢だと思う。

シロハラくん

カサコソ、カサソコ。
落ち葉を細い足でかき分けて、虫を探す音がする。

今年もシロハラくんがこなら亭にやって来た。気配を感じて、私はリビングの窓越しに
「お帰りなさい。」

と声をかける。

シロハラくんはツグミの仲間。大きさはヒヨドリくらい。冬鳥として日本に渡って森や林の繁みにひそむ。人家や公園にもやって来て地面を歩きながら餌を探している。おなかが白いのでシロハラという和名がついた。

もともと単独行動する鳥で、こなら亭にも毎年一羽だけが姿を見せる。おなじ個体か違うものか。確かめる術はないけれど、毎年のことなので同じ子が帰って来ているように思えるのだ。

そして、秋の終わりから春までシロハラくんは毎日庭を歩いているから、まるで我が家の冬の下宿人（鳥）みたいな気がしてくる。

カサコソ、カサコソ。

いつもと同じ足音。姿は見えなくてもその存在を感じてあたたかな気持ちになる。

シロハラくんはミミズや地面にいる虫を餌にしている。ミミズや虫たちの餌は腐葉土や落ち葉。落ち葉はコナラ。コナラを植えたことが、結果シロハラくんを呼び寄せることに繋がったのだろうか。ちいさな足音だけれど、それは命の繋がりの証のようでうれしくなる。

カサコソ、カサコソ。

ほら、今日もコナラの根元で餌をついばむ音がする。

人間以外の命の気配がする庭って、なかなか素敵だ。

花修行

珠寶先生に花を習っている。

先生は草木に仕える花士。十代で慈照寺に縁のある無雙眞古流《むそうしんこりゅう》に入門したのち足利義政公時代の花を知るため花人 岡田幸三氏に師事。二〇〇四年慈照寺初代花方に就任し義政公時代の花を復興した。さらに東山文化を継承するため開かれた慈照寺研修道場で教授を務め、フランスや香港との国際交流にも尽力してきた。二〇一五年に独立し「青蓮舎花朋の會」設立後も花を献じ、いけばなを教え、花をする心を伝えている。

私が最初に先生を知ったのはある雑誌に掲載された『慈照寺の花』の記事だった。銀閣慈照寺には花を担当する華務係があり花方と呼ばれる女性が寺縁の花を研究し花に向きあっているという。花方という聞き慣れない言葉が気になりながら、たまたまプラントハンター西畠清順さんのブログを覗いたら、そこに献花する「花方 珠寶さん」の写真を見つけた。白い着物に袴姿。長い髪をきゅっとひとつに結わえ花に向かう姿が凛としてうつくしかった。そして彼女が献じたいけばなの、今まで見たどのいけばなとも違う清々しい姿に私は胸を打たれた。それは単に「うつくしい」だけでは言い尽くせない魅力があった。人の手によって生けられているのに人の手の作為を感じない。花たちがありたいようにそこにあるという伸びやかな姿が気もちよく、心に風が通るようだった。

それから私はインターネットを駆使し、本を買いあさり（古本もいっぱい買った）珠寶さんと彼女の

いけばなについて色々調べるに至った。まるで恋に落ちた気分だった。記事を読み、珠寶さんが生けた花の写真を見、知れば知るほど魅かれてしまう。私の心をとらえて離さない魅力のもとは何なのか突き止めたくて、結局、慈照寺研修道場に入会。先生が独立するまでの二年間、毎月京都へ通った。そして現在は青蓮舎の阿蘇教場へ月に一回通い花の稽古をしている。

教わっているのは「たて花」という義政公の時代にできたいけばなの原型だ。藁を束ねた花留めこみ藁に花をたててゆく。こみ藁に刺す枝や茎は決して交えることなく平和に真っすぐたち上げ、その水際のすっきりとしたうつくしさに心を配る。草木には格付けがあり、格の高い真の花や枝から脇役となる中段の添え草、下草へと調和を取りながらたて下してゆくが、描くべき形が決められているわけではない。私たちはただ花のこえに耳を傾け、草木が本来持っている自然な姿を花瓶の上に再現してゆく。

目的に向かって正しく進むために慎みを第一とする
大自然の運行に両足揃えて飛び込む
古典を読む
自然を観察する
百年先をおもう（我を捨て他をおもう）
必ず成ると信じる
人の何倍も努力する

珠寶著「造化自然」より

そう初心を説く先生の教えを頼りに、草木のこえをきくため私も無心になり自然と同化する。それはまるで禅をするような心体の感覚だ。ゆえに、今私が行なっているのは『花修行』である。しかし修行が足りず、まだ私には花のこえがきこえてこない。

花修行の話をするとよく訊ねられるのが、どの流派に属しどんな資格や免状が得られるかということだ。珠寶先生のいけばなはどの流派にも属せず免状はない。家元制度も資格も級もない。京都へ通っていた頃「免状ももらえないのになぜ」と問われたが、だからこそ続けていると私は思う。人がつくった制度で得られるものなどたかが知れている。私たち、珠寶先生のもとで花をする花朋たちが目指すのはそれを越えた満足だ。古い人も新しい人も肩書きがある人もない人も等しく花に向かい、花の前で私たちはただのひとつの命となる。花をすることは自然の一部である自分を見つめ直すことでもある。たてた花の姿に私の心の有り様が映る。草木を通し自分は何ものなのだと自分自身に問う静かで安らかな時間こそ、真の贅沢で免状以上の価値を持つ。

花をすることは楽しい。季節を実感し、草木の命の輝きにふれて元気をもらう。草木や自然からの学びは尽きることがなく、いけばなに終わりはないのだ。

珠寶先生の花は今も進化している。古典でありながら新しく感じるのは、先生が常に草木に仕える花士として謙虚に学び精進しているからだ。だから後に続く私たちも日々終わりのない花修行をする。花たちのこえをきくために心を澄ませながら。

山眠る

冬を呼ぶ

初嵐
それは
秋の始まりに吹く
寒さを招く風
秋の終わり
眠りにつく庭に咲くのも
初嵐

という名の椿
この花は
白い季節の先がけ
枝先で
冬を呼んでいる

こみ藁

冬はこみ藁をつくる季節だ。こみ藁は室町時代から使われている日本古来の花留め。藁を束にして花瓶に仕込み、藁と藁の間に枝や草花の茎をたててゆく。珠寳先生に学ぶたて花のお稽古はこのこみ藁づくりから始まる。

まず藁を選って一本一本袴を取り掃除する。それを十本前後まとめて、とっくり結びで小束をつくる。あとは長さをそろえて穂先を切り、二週間ほど清い水にさらしてアク抜きをする。暖かい時期は水が腐りやすいので、冬、とくに寒の頃がこみ藁づくりに適した季節だ。毎年寒の間には長くお稽古をしている人も初心者も皆こみ藁づくりをする。アクが抜けたら天日干し、そうして乾いたらようやく花留めこみ藁ができあがる。こみ藁は使ったあと日に干して乾かせば何度でも使用可能だし、傷んだ部分は取り替えがきく。切った穂先も束ねて手箒にするので無駄がなく、エコであっぱれな花留めである。

さらに珠寳先生が用意する藁は和歌山県の立岩農園、花朋（珠寳先生に学ぶ花の朋たち）でもある立岩視康さんが丹精して育てた無農薬の稲藁だから、こみ藁をつくる私たちの手も、たてる草木たちもすこやかだ。

私はこみ藁づくりが大好き。藁しべの袴を取りきれいにする作業は清々しく、単純な仕事ながらそれを繰り返すうちに頭が空っぽになって、段々と気持ちが静まってゆく。それはまるで座禅を組んだ時のような爽快感だ。

花をたてる時は、その都度花瓶の大きさに合わせて小束を集め、さらに太く束ねてゆく。たてる花の種類によって締めたり緩めたりを加減して、最後に畳糸できゅっと結ぶ瞬間、こみ藁の頂上は平和な円におさまって、私は毎回そのうつくしさにはっとする。

そしてこの平和な頂きに花をたててゆくわけだが、まだ花修行をはじめて三年の私は、まずうつくしくしっかりとしたこみ藁をつくることを大事にしている。

水が冷たくなる冬のはじまり。「今年もよいこみ藁をつくろう」と気持ちがあらたまる。

ハツカネズミ

十一月、冬の気配にちいさな生きものたちが寒さを避けて母屋に入り込んでくる。たとえばゴキブリ。こなら亭での彼らの普段の住処はデッキ下の落ち葉の中だ。暖かい間は母屋の中で見かけることはほとんどないが、寒くなるとたまに廊下を歩く姿に遭遇する。この冬のはじめは、ムカデも二回見かけた。奴らも寒さ逃れかと思ったけれど、ムカデが人家に入るのは、どうやらゴキブリを補食するためらしい。

そんな冬の訪問者の中で思い出に残っているのが、ハツカネズミだ。

こなら亭ができて三年目の冬の朝、私は台所に仕掛けたゴキブリホイホイを覗いた。寒くなってゴキブリの姿を見ることが増えたので、通り道と思われる場所に仕掛けておいたのだ。ところが、覗いた視線の先にいたのは、体長五センチほどのネズミだった。手足と尻尾を粘着テープにとられて、目をクリクリさせながら情けない顔でこちらを見ていた。

さあそれから大騒ぎ。ゴキブリホイホイにネズミである。意外な収穫(?)に夫も息子も大興奮。いったい、どんな種類のネズミだろうか。私たちの一番の興味はそこだった。当時夫が勤務していた宮崎医科大学には動物実験センターがあり、ネズミに詳しい土屋公幸先生がいらっしゃった。そこで種類を同定してもらおうということになり、出勤する夫にゴキブリホイホイのままネズミを預けた。

結果、それは野生のハツカネズミだった。草地や田畑に棲息し、家ネズミとして人家やその周りに入り込むこともあるという。独特の匂いを持っているのが特徴、と土屋先生が教えてくださった。確かに、捕獲したハツカネズミは炒り米のような香ばしい匂いがした。

翌日、まだその匂いが台所に残っている気がして、私はまたホイホイを仕掛けた。今度は、はじめからネズミ狙いである。さすがに二日続けては捕まらないと思っていたら、なんと二匹も入っていた。今度は体長二センチほどの子ネズミ。家族で母屋に入り込んでいたのだろうか。あどけない顔とちいさな体に胸が痛んだ。

その次の年、寒くなった頃、廊下でまた炒り米の匂いを感じた。耳を澄ませると、掃除道具入れの中からカリカリと木を齧る音がする。何かの拍子に閉じ込めてしまったらしく、扉を開いたらちいさなネズミが飛び出して来た。

さらにその翌年は、デッキに面した引き戸の辺りで匂いを感じた。足元を見ると子ネズミがレールの隅にうずくまっている。息子と必死で捕まえて、そっと外へ逃がしてやった。

それから毎年寒くなると、私はあの香ばしい炒り米のような匂いと木を齧る音を待つようになった。まるで、冬のお客さまを待つように。

でも今はまったくネズミはやって来ない。隣の牧草地が住宅地に変わってから、姿が消えてしまった。彼らは住処を追われたのだ。人と自然の境界に棲息している命たちがいる。人の暮らしに近い自然環境が徐々に失われ、そこに棲んでいた生きものの居場所がなくなりつつある。

もう冬が来てもこなら亭であの匂いを嗅ぐことは二度とないだろう。

落ち葉かき

冬になると枯れ葉が降るのを心待ちにしている。庭に積もった落ち葉を箒でかくのは、この季節の楽しみのひとつだ。

こなら亭の垣根や外周には、外からの視線を遮るために常緑樹が植えられている。でもその他の木々は、主木のコナラをはじめほとんど落葉樹なので、冬にはたくさんの落ち葉となる。

風のある日、高い梢からハラハラと枯れ葉が降る。あとからあとから、絶えず落ちるのが小気味よくて、つい飽きずに眺めてしまう。

紅葉のきれいな年はとりどりの木の葉がアプローチの階段に吹き寄せられて、それはうつくしい。新緑もよいけれど、雑木林の庭のほんとうの魅力は晩秋から冬にかけての枯れゆく頃にあるかもしれない。

木枯らしが過ぎて大量に落ち葉が降った朝、私はうき

うきと庭に出る。箒と、熊手と、箕を持って、サクサクと落ち葉をかいてゆく。

　草木の間はちいさな熊手で、奥の芝生は大きな熊手で。そしてそれらを箒で集めながら、落ち葉の山をつくるのだ。

　息子がちいさい頃は、その落ち葉の山にダイビングしたり、からだを埋めたり、全身で落ち葉遊びをしていた。落ち葉の山はカサカサと肌にくすぐったくて、鼻をつけるとお日さまの匂いがする。落ち葉に埋まった息子は、気持ちよさそうに肢体をのばして、よい笑顔を見せていた。

　その落ち葉に埋まった笑顔を「定点

観測」といって毎年写真に撮るのも、わが家の恒例行事だった。

落ち葉の山ができたら、今度は箕ですくってフゴ袋に入れる。植木屋さんが剪定した葉やくず枝を入れる大きな袋だ。それを前の畑につくった堆肥場に何度も運び、落ち葉を溜めてゆく。

これをすべての落葉樹が裸になるまで毎日繰り返す。ラジオや司会の仕事が続くと、庭に落ち葉が溜まるにまかせてしまうことがあるが、落ち葉の下の冬芽や、かわいい苔ちゃんに陽が当たらず枯れてしまうのではないかと気が気ではない。

いや、そんな心配よりも、あのザクザクと落ち葉をかく感触の楽しさに魅かれて、仕事を投げ出してでも、私は庭に出たくなるのだ。

集めた落ち葉は堆肥にする。一年もすれば葉っぱの山は立派な腐葉土になっている。

しかしここ数年、腐葉土を畑に撒くことができていない。

ある日、いざ畑に撒こうと腐葉土にシャベルを入れたら、カブトムシのぷりんとした幼虫がわらわら出て来た。仕方なく彼らのために、昨年までの腐葉土はそのまま積んである。

落ち葉は、畑やここにすむちいさな虫たちにとっては宝の山となる。

気になるのは、毎年落ち葉の季節が遅れていることだ。こなら亭ができた当初は十一月の終わりだったのに、それが徐々にずれて今は一月に入ってようやく本格的に落ち葉をかく。

一ヶ月ちょっとの遅れ。この二十年間の変化に私は胸がざわついてしかたがない。

薪ストーブ

こなら亭のリビングの主役は赤い薪ストーブ。バーモントキャスティングス社のデファイアントアンコールという名前の、鋳物に赤いホーローをひいたうつくしいストーブだ。

薪ストーブは薪を焚くことでストーブ本体と煙突を熱し、その輻射熱で部屋全体の空気を暖めてゆく。ストーブの扉を閉めれば完全に密閉されるので火や煙が部屋に漏れることはなく、安全に火が焚ける。（燃焼に必要な空気はちいさな穴から入り、その量も調節できる。）

火のある暮らしはよい。薪ストーブの暖かさは柔らかく空間に広がり、炎の揺らめきはやさしくて、眺めているととても安らかな気持ちになる。

子どもの頃、冬の朝は家々の庭や畑で焚き火をした。そこには近所のおじちゃんおばちゃんたちも集まって来て、話に花を咲かせた。登校途中、私はいくつもの焚き火に寄り道して、おとなたちの会話に耳を傾けたものだ。

そんな火のまわりに人が集まる温かさの記憶も、炎に安らぎを感じる理由のひとつかもしれない。いや、それよりもっと遥か昔、炎が生活の中心にあった原始の懐かしい記憶が、私の遺伝子に刻まれているのかもしれない。

いずれにしろ火のある暮らしは暖かく楽しくて、ストーブをつける冬が待ち遠しい。

薪ストーブを持つものにとって薪の準備も楽しみのひとつ。原木をストーブに入る長さに玉切りして、斧で割ってゆく。力ではなくスナップを利かせて斧の重さで割るから、女の私でもできる作業だ。

薪には、テニスラケットのようにここに当てたらよく割れるというスイートスポットがある。そこにちょうど斧が入った時の気もちよさといったら。スパッと割れるのが楽しくて、無心になって続けてしまう。そして気がついたら冬でも汗ばむくらいに体が温まっている。

「薪ストーブは、三度体を温める」と言うそうだ。一度目は薪割りで、二度目が薪を焚いた炎で、三度目はその炎で沸かしたお茶で（あるいは料理で）。そんなことを思い浮かべながらひと冬分の薪を積み上げる。お金持ちにはあこがれないけれど、お薪持ちにはなりたい。たっぷり薪があるという幸福感は何ものにも代え難い。

ところで薪の調達だが、使い始めた頃は宮崎では薪ストーブ自体が珍しくて、薪を扱う店はなく、自分たちで山を持つ知人を頼り、苦労して原木を探した。近所の山が住宅地として造成されることになり、伐採した雑木を譲り受け、結果十年分以上の薪を確保することができ

た。

　山林の多い宮崎では間伐した原木や伐採くずをもらって薪にすることも可能だ。でも我が家はここ数年、北郷町の「薪ビレッジ」さんから薪を購入している。「薪ビレッジ」はスイトピー農家でもある高橋悟くんが営んでいる。彼が、原木を調達し薪にして、スイトピーのシーズンオフにビニールハウスを利用して乾燥させているものだ。

　私たちが薪を買うことで、そんな中山間の産業を支えられるとしたら素敵なことだ。

　ストーブの揺れる炎を眺めながら、中山間に住む友人や薪をつくる高橋くんのことを思い浮かべる。

　こなら亭のシンボルの赤い薪ストーブはこうして何度も私を温めてくれるのだ。

おくりもの

クリスマスになるとよみがえる胸の痛い思い出がある。小学校のクリスマス会、プレゼント交換。あの頃の私は、おくりものは手づくりが一番、と信じていた。図工の時間に、母の日父の日のおくりものをつくって、とても喜んでもらえたから。なにより、私の心がこめられるではないか。

そこで私はクリスマス会のために紙粘土を買ってきて、ちいさな置物をつくった。

それは、持ち手のついた籠にのった色とりどりの果物。バナナやらリンゴやらみかんやら、喜んでもらえますようにと心をこめて形を作り、絵の具で色を塗った。もちろん籠も紙粘土製だ。どれもかわいらしくできて、手頃な箱に納めるとなかなか素敵なおくりものになった。

クリスマス会は教室で開かれた。クリスマスケーキを食べて、班ごとの出し物が終わったら、いよいよプレゼント交換だ。皆がまぁるく輪になって、音楽に合わせてプレゼントを回してゆく。

箱の大小や包み方の様子でなんとなく中身を想像し「違うのがよいな。」と思ったら急いで次に回し、欲しい箱が来たら手元に長く留めたりして。また一方で、自分のプレゼントがどこへゆくのか目で追って皆と楽しんでいた。

でも、クリスマス会は悲しい結果になった。

皆がプレゼントを手にし箱を開き歓声が上がる中、ひとり肩を落とした女の子が見えた。その子の手のひらに載っていたのは私のつくったおくりもの。でも、それは形を留めない色のついたただの紙粘土だった。

彼女の落胆した顔が今も忘れられない。

きっと紙粘土が乾ききっていなかったのだ。箱に入れた時、ぐるぐる回され壊れてしまうなんて考えもしなかった。結果箱から出てきたのは紙粘土のクズたち。

やがて、その子のまわりからは慰めの言葉が上がった。ゴミのような粗末な品を出したのは誰か、詮索が始まった。たぶん私は名乗り出たのだと思う。泣きながら謝って、自分が手にしたプレゼントを「かわりにあげる。」と彼女に差し出したシーンが記憶にある。でも、その前後のことは覚えていない。予想もしない出来事に頭の中は真っ白だった。

粘土細工が壊れたことはアクシデントだった。壊れていなかったとしても、受け取った彼女は落胆しただろう。

自分がよいと思う物を誰もがよいと思うわけではない。手づくりは素敵だけど相手が喜んでくれるとは限らない。おくりたいものと、相手が望むもののミスマッチ。あの時の私は独り善がりだったと、幼いながらも学んだ。

心のこもったおくりものが一番なのは当たり前。

それを形にするのはなかなか難しい。

あれ以来、私はおくりものが苦手だ。

ひめぴょん

もしもひめが人間の言葉を話せたら、聞いてみたいことがある。

あの十二月の寒い晩、赤い首輪にピンクのリードをつけたまま、うちの車庫にうずくまっていたのはなぜ？

散歩の途中でご主人とはぐれてちょっと迷い込んだだけかと思っていたけれど、いつまでも去ろうとはせず、夜遅くケヴィンとパパさんの散歩について出て行ったのにまた一緒に戻って来たね。

次の朝になってもまだ門のところにいて、しかたがないからエサと水をやって、パパさんはご近所のスーパーマーケットやら交番に君の写真入りの迷子のおたずねを出した。特徴は〝おとなしい〟と書いて。でも今はこんなにやんちゃだもの、あの時はネコかぶっていたでしょ。

不思議だったのは他の犬を毛嫌いし必ず威嚇していたケヴィンが、ひめちゃんには心をひらいてそばにいても平気な顔をしていたこと。飼い主が現れず市の保健所に預けた時、そんなケヴィンのようすを見ていたら一緒にうちで世話してやれるかもって思った。

それにしても、宮崎市ウェブサイトの保護犬情報に載った君の写真の貧相だったこと。私でさえ別の犬かと思うほど、実物より痩せてまるで野生のキツネのようにみすぼらしく見えた。飼い主さんが見たとしても気づかなかったかもしれない。なぜあんなふうに写ったのか、それも不思議。

保健所から電話がきたのはクリスマスイブ。もし、どこにも行くところがなければ連絡くださいってお願いしてあったのだ。

「飼い主が見つからず問い合わせもないまま期限が明日に迫りました。どうしましょうか。」どうしましょうかって、翌日はクリスマス。引き取るしか答えはないでしょう。

あの日保健所へ迎えに行って、受け取り場所のガレージで私を見つけた時の君の顔が忘れられない。ちゃんと私を覚えていたね。

「知っている人だ！」っていう顔をしてほっと安心した表情がいじらしかった。

名前は「ひめ」。すぐに手続きをして君はうちの子になった。獣医さんが歯の状態から推定一歳と教えてくれた。

あれからもう七年。この間お兄ちゃんが東京の大学へ進み、ケヴィンが十六歳で亡くなったけれど、寂しい時はいつもひめがそばにいて私はずいぶん慰められた。うれしい時もいっしょにぴょんぴょん飛び跳ねながら喜びを分かち合う家族。今はひめぴょんと呼んでいる。

ねぇ、ひめぴょん。あの十二月の晩うちに来たのは偶然なんかじゃないね。

君は神様からのおくりもの。

うちに来てくれてありがとう。

しあわせのものさし

五十歳を過ぎてから自分でも驚くほどに肩のチカラが抜けた。それまではよりよくなりたい、より高い所を目指したいと仕事や家事に頑張る自分がいたのだが、今は程々やればよいと自分を許している。でもそれは決して手抜きやあきらめではなく、歳を重ねて手に入れた「余裕」なのだ。かつての私は「今」を生きているようで、未来の備えに時を奪われ「今」を生ききれていなかったように思う。たとえば若い時には高校受験のために中学に学び、大学受験に備えた高校生活を送り、そして就職を意識して過ごす大学時代だった。もちろんその時なりに部活動や遊びにも熱中しながら、でも心は常に先にあった。社会人になると今度は恋愛、結婚、子育て、仕事の成功。「もっともっと」と先を見すぎてその時々の輝きに目をとめる余裕がなかった。とくに子育ては、あの忙しく大変な時期が一番輝いてしあわせだったと、過ぎた後に気づく始末。

五十代は季節では秋にあたるそうだ。青春、朱夏に続く白秋（その後は玄冬）。秋は庭の落葉樹たちが翌春の芽を用意して紅葉する季節だ。その葉に私をたとえるなら、そろそろ充実の頃だから今ある私のまま無理なくしなやかに生きることをよしとして、頑張らない自分を許してもよいのではないか。そして「今この時」を味わいながら自然と繋がり、人生の秋という季節を過ごしたい。その時はもうしあわせを測るものさしに数字はいらないだろう。お金や物の豊かさではなく心が満ち足りていること。生きていることそのものがしあわせなのだと思う。

さて、やがて山は眠りから目覚め季節は春を迎える。その気配を感じる頃、私は毎年箪笥から一枚の布を取り出す。それは藍地に白いツバキの模様を織り込んだ綿織物。織られて百年は経っている私の宝物だ。私の曾祖母が自分で綿花を育て、糸を紡いで藍で染めこの布を織り上げた。初めは誰かの着物地だったのだろう。形を変えて最後は布団の表地として使われていたと、祖母が話してくれた。

毎年ツバキの季節になる少し前にリビングか床の間に飾るのだが、布の感触を確かめながら毎回胸が熱くなる。私が生まれた時にはすでに曾祖母は亡くなっていたので、記憶どころかどんな人だったかも聞く機会がなかった。でも、藍地に規則正しく並ぶ愛らしいツバキの模様が、曾祖母の几帳面でセンスのよい人柄を想像させる。曾祖母はきっとわくわくしながらこの布を織っていたに違いない。その気持ちが手に取るようにわかる。そして感じるのは命の繋がりだ。私は突然この世に現れたわけではない。父母、祖父母、曾祖父母、さらにその昔から受け継がれてきた命の結果が私だ。この藍の布にそんな命の繋がりを感じて私はしあわせな気持ちになる。命はめぐる。生きているものは必ず死を迎えるが命や魂はそこで途絶えるわけではないと自然が教えてくれた。人も自然の一部だ。私がいつか死んだらやがて土に帰る。心はきっと風になる。それはまた命を生む元となる。そう考えると生きていることへの執着さえ消え、また、身が軽くなる。こなら亭に暮らしているとそんなことを考えてしまう。

おわりに

この春、私が蒔いた種がようやく芽を出した。ひとつはあの本家のさくら。数十個の種のうち、五つが芽を出し本葉をひらいた。もうひとつはわが家の息子。こなら亭で育った彼が社会人になった。いずれも芽を出すまでには寒い冬を過ごし、そのまま凍りついて死んでしまうのではないかと思う朝もあったが、命は私が思う以上に強かった。その冬という季節にこそ彼らは地中深くに根を張り、発芽する春に備えていたのだ。たとえどんなに寒くても、冬は命たちに必要な季節だ。自然がつくり出すものに無駄はない。

そして人生のできごともまた、ひとつひとつに意味があり不要なものはなかったと、今までを振り返りながら感じている。あの、心をキンポウゲに救われた一件さえも。そのお陰で私は人生の舵を今へと向けて大きく切ることができた。あの時、前の仕事を辞めていなければフリーになることはなかったし、その後の経験も出逢う人々も大きく違っていただろう。

その時はどんなに辛いことも、その後のしあわせに繋がっている。むしろ大変な時にこそ、未来のしあわせの種が蒔かれているのだと自分の経験から私は思う。うまく行かないことは確かにある。でも、いつか必ず変化の時が訪れる。だから何があろうとも人生をあきらめてはいけない。

さくらと息子はまだ芽を出したばかり。さくらとして新聞記者として花咲くのはまだ遠い先のことだ。いつか実りの時を迎え、次の世代へと種をこぼしてくれるだろうか。

この一冊の本も、私が蒔いた種のひとつだ。

いつか本を出したいと、林に住むことと同じように夢見ていた。想うばかりで実際に書き出すとそのむずかしさに泣きたくなったが、ここまで上手に励ましながら導いてくれた編集者の前田朋さんに感謝したい。

この本はさまざまなご縁のお陰で編み上げることができた。朋さんとはご子息の皓明さんが宮崎大学のサークル野生動物研究会にいたことがきっかけで知り合ったし、感性豊かにうつくしい挿絵を書いてくれた林重雄さんとはビーチコーミングの指導で日南に来られた時に友人の八木真紀子さんの紹介で友だちになった。

そして、京都慈照寺の花修行から始まった珠寳先生、書家の神郡宇敬先生とのご縁。一流の場でご活躍のおふたりに素晴らしい言葉と題字を頂くことができた。

皆様に心からお礼を申し上げる。

やはり人生のできごとに無駄はなく、ひとつひとつに意味があり、すべてが繋がっていることを実感している。

題字

神郡宇敬（かみごおり　うきょう）

書道研究 温知会 師範。

一九六九年東京生まれ　本名　敬（たかし）

獨協大学法学部卒業。

幼少より筆を持つも小学校高学年断筆。大学卒業後改めて父 神郡愛竹に師事。

祖父 神郡晩秋が一九二四年に創立した書道研究温知会に所属。

二〇〇八年より京都在住。

挿絵

林　重雄（はやし　しげお）

幼少時より海や自然と親しみ、拾い物に目ざめる。

一九九〇年より福井県恐竜発掘調査に参加、福井県で発掘された肉食恐竜・フクイラプトル復元と記載論文の図版を担当。

漂着物学会会員。

現在は精力的に日本海側と太平洋側で漂着物調査を行い、各地でビーチコーミングの普及・啓蒙活動も続けている。

1冊の売上につき200円を自然・動物保護活動へ寄付いたします。

こなら亭暮らし

二〇一六年五月二〇日　初版第一刷発行

著　者　木佐貫ひとみ

発行者　前田　朋

発行所　ヴィッセン出版

〒603-8002 京都市北区上賀茂神山二九七番地二

TEL：075・741・1187

FAX：075・741・1870

印刷・製本　シナノ印刷株式会社

ISBN978-4-9900663-2-1 C0078 Printed in Japan